BESSE de LARZES

# PETITES POÉSIES

## POUR LES PENSIONNATS

DEUXIÈME ÉDITION

POITIERS

CHEZ M. L'ABBÉ W. MOREAU

EDITION-BIJOU

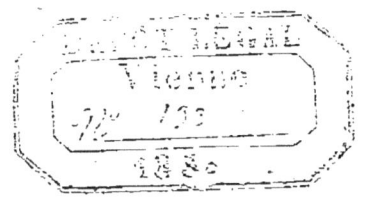

Ce modeste Recueil est dédié aux Maisons d'éducation.

Dans plusieurs Pensionnats, en effet, on m'avait conseillé de réunir en brochure un certain nombre de poésies qui, à l'occasion, pussent servir d'exercices de mémoire et de déclamation.

Le succès de cet opuscule a dépassé mes espérances : — la première édition, tirée à dix mille exemplaires, a été épuisée en quelques mois.

Si cette tentative continue à être encouragée, je publierai prochainement d'autres Œuvres plus importantes et destinées également à la Jeunesse.

# PETITES POÉSIES

## POUR LES PENSIONNATS

## L'ENVERS DU CIEL *

Pourquoi, dit un enfant, ne vois-je pas reluire,
Au Ciel, les ailes d'or des anges radieux ?
Sa mère répondit, avec un doux sourire :
Mon fils, ce que tu vois n'est que l'*Envers des Cieux !*
Et l'enfant s'écria, levant son œil candide
Vers les divins lambris du palais éternel :
Puisque l'Envers des Cieux, ô mère, est si limpide,
Comme il doit être beau l'autre côté du Ciel !

Sur le vaste horizon, quand la nuit fut venue —
A l'heure où tout chagrin dans un rêve s'endort, —
Le regard de l'enfant s'élança vers la nue,
Il contempla l'azur semé de perles d'or.
Les étoiles au ciel formaient une couronne,
Et l'enfant murmurait, près du sein maternel :
Puisque l'Envers des Cieux si doucement rayonne,
Oh ! que je voudrais voir l'autre côté du Ciel !

* Mis en musique par M. l'abbé W. Moreau. — Voir le Catalogue.

L'angélique désir de cette âme enfantine
Monta comme un encens au céleste Séjour,
Et, lorsque le soleil vint dorer la colline,
L'enfant n'était plus là pour admirer le jour. —
Près d'un berceau, pleurait une femme en prière ;
Car son fils avait fui vers le monde immortel,
Et, de l'Envers des Cieux franchissant la barrière,
Il était allé voir l'autre côté du Ciel !

# LES VINGT SOUS DU BON DIEU *

—⚬⚬⚬—

Dans une bien pauvre maison,
Et pendant la froide saison,
Une femme pleure et soupire,
Les yeux fixés sur son enfant...
Soudain, l'enfant eut un sourire :
« Mère, » fit-il tout triomphant,
« Pour braver la faim et la bise,
« Nous aurons du pain et du feu,
« Car je veux aller, à l'église,
« Emprunter vingt sous au Bon Dieu ! »

L'enfant à l'église arriva,
Et vers l'autel il s'élança...
Puis, d'un ton de voix bien timide,
Le pauvre petit, à genoux,
S'écria, la paupière humide :
« O mon Dieu ! prêtez-moi vingt sous !
« De trésors votre main est pleine.....
« Vingt sous ! ah ! pour vous, c'est si peu !
« Et nous vivrons une semaine
« Avec les vingt sous du Bon Dieu ! »

' Mis en musique par M. l'abbé W. Moreau, — Voir le Catalogue.

Le bon curé, qui l'écoutait
Derrière l'autel, souriait ;
Hors de sa cachette il se penche,
Et, près du naïf emprunteur,
Fait rouler une pièce blanche...
— « Merci ! » reprend avec candeur
L'enfant, qui croit, à sa prière,
Cet argent tombé du Ciel bleu,
Puis il court bien vite à sa mère
Porter les vingt sous du Bon Dieu.

# LA NEUVAINE DU PINSON *

Je conserve en mon cœur la douce souvenance
Du toit où j'ai vécu les jours de mon enfance.

La maison etait blanche et placée au milieu
D'un jardin qu'avec joie encor je me rappelle ; —
Vers le fond du jardin, s'ouvrait une chapelle
Rustique, en branches d'arbre, avec un vitrail bleu.
Oh ! le joli jardin ! frais, parfumé, tranquille ;
Nid de fleurs éclairé de rayons triomphants.
Dieu semblait, tout exprès, avoir fait cet asile
Pour les petits oiseaux et les petits enfants.
Or, j'étais un enfant — j'avais six ans à peine —
Et je vais justement vous parler d'un oiseau.

L'hiver était venu. — La neige, sur la plaine,
Avait depuis trois jours étendu son manteau —

* **Nota.** — Une Romance, tirée de ce récit, a été mise en
musique par M. l'abbé W. Moreau. — Voir le Catalogue.

Et moi, je regardais à travers la fenêtre,
En grignotant le pain que, pour mon déjeuner,
Ma mère, ce jour-là, venait de me donner ;
Quand je vis, dans la neige, un pauvre petit être,
Un Pinson par le froid surpris, tout frissonnant,
Triste, laissant tomber son aile, se traînant
Comme un pauvre malade, et regardant les branches
Que les glaçons cruels couvraient de pointes blanches.
C'était, je vous l'assure, un spectacle navrant.

C'est alors qu'il me vint au cœur cette pensée
Que le petit Pinson devait avoir bien faim. —
J'ouvris tout doucement, doucement, la croisée,
Et je jetai dans l'air les miettes de mon pain : —
L'oiseau joyeusement les prit. — Le lendemain,
Les miettes de nouveau tombèrent de ma main ;
Et, tant que le gazon fut caché par la neige,
Chaque jour éclaira ce gracieux manège,
Si bien que, lorsque avril tendit son vert tapis,
Le bon Pinson et moi, nous étions grands amis.
Ouvrant en gazouillant ses ailes gentillettes,
Chaque matin encor l'oiseau, comme autrefois,
Me faisait sa visite, et c'était dans mes doigts
Que de mon déjeuner il récoltait les miettes ;
Puis, d'un léger coup d'aile, il regagnait les bois,
Me jetant pour adieu sa joyeuse roulade.

Or, un jour, je tombai malade, bien malade,
Et ma mère dut craindre, ô moment douloureux !

Que de mon lit d'enfant on ne fît une bière.
Elle fixait sur moi des regards anxieux
Et des perles tremblaient sur le bord de ses yeux,
Car ce sont des écrins que les yeux d'une mère !
L'horizon rayonnait, nous étions en été. —
Allais-je donc mourir quand tout semblait renaître !
Afin que le soleil me rendît la santé,
On mit mon petit lit auprès de la fenêtre ;
Car le brillant soleil aux joyeuses splendeurs
Est toujours nécessaire aux enfants comme aux fleurs.


La chaleur m'arrivait en effluves ardentes —
C'était bon !


Entr'ouvrant la paupière à demi,
J'aperçus, tout à coup, le Pinson mon ami !
Il frappait de son bec les vitres transparentes ,
Puis il me regardait tristement, tristement ;
On eût dit qu'il pleurait. — Soudain, ouvrant son aile :
Il part... et je le vois entrer dans la chapelle
Dont je vous ai parlé dès le commencement.
Jusqu'à présent la chose est assez naturelle ;
Peut-être avait-il fait son nid dans la chapelle.
Mais voici — je le vais conter tout simplement —
Le côté merveilleux de cet événement.
Pendant huit jours, ce fut une scène pareille :
Le Pinson paraissait à la vitre vermeille,
Jetant sur mon visage un coup d'œil soucieux,

Et chaque jour aussi, j'en ai bonne mémoire,
Il partait pour entrer au rustique oratoire.
Avez-vous vu jamais un pinson si pieux ?
Or, le neuvième jour de cette étrange scène,
Je me dis tout à coup : *Il fait une neuvaine !*
A peine ce penser au cœur m'était venu
Que l'oiseau s'envola. — Je ne l'ai plus revu.

Quelques instants après, dans la chambre, ma mère,
Les yeux fixés sur moi, poussait un joyeux cri,
Et moi je l'embrassais gaiment...

J'étais guéri !

Ah ! depuis, j'ai compris ce gracieux mystère
Dont le doux souvenir emplit mon cœur d'émoi. —
Les oiseaux, voyez-vous, font aussi leur prière,
Et le petit Pinson avait prié pour moi !

# LA CLEF DU PARADIS*

Les enfants sont frères des anges !
Leur charmante ingénuité
A des réflexions étranges
Dont j'aime la naïveté.
Un jour, Bébé dit à sa mère
Qui me l'a raconté depuis :
« Je voudrais bien, comme saint Pierre,
« Avoir la Clef du Paradis ! »


« Oh ! cette clef si précieuse,
« Ce doit être un bien beau joujou !... »
Alors, émue et sérieuse,
La mère prend.... un petit sou.
Cette obole, elle la fait luire
Aux regards de l'enfant surpris
Et lui dit, avec un sourire :
Voici la Clef du Paradis !

* Mis en musique par M. l'abbé W. MOREAU. — Voir le Catalogue.

Ce que tu vois, ajouta-t-elle,
C'est un sou ! c'est peu ! c'est bien peu !
Et pourtant cet objet si frêle
Ouvre les portes du Bon Dieu.
Celui qui sauve et qui pardonne,
Lui-même l'enseigna jadis :
Le petit sou qu'au pauvre on donne,
Voilà la Clef du Paradis !

# L'ÉTOILE VOYAGEUSE *

## LÉGENDE

———o◦>◦⦂O⦂◦<◦o———

Ces vives lueurs, ces perles filantes,
Que l'on voit rouler au brillant séjour,
Font luire, trois nuits, leurs flammes naissantes,
Pour mourir, hélas ! le troisième jour...
Fleur du Paradis, rose lumineuse,
Que la main de Dieu venait d'éveiller,
Une Étoile, au ciel, blanche voyageuse,
Par les chemins bleus se mit à briller.

La première nuit, radieuse et fière,
L'Étoile aperçut, dans un froid logis,
Une pâle enfant, modeste ouvrière,
Les doigts fatigués et les yeux rougis...
De son cœur, soudain, s'échappe une plainte. —
Sa lampe mourait... Comment travailler ?
Mais l'Étoile d'or, sur la lampe éteinte,
Jusqu'au jour nouveau se mit à briller.

---

* Mis en musique par M. l'abbé W. Moreau. — Voir le Catalogue.

Les anges au Ciel emportaient une âme..
Pendant qu'ils montaient, ivres de clarté,
Près de l'enfant mort, une pauvre femme
Pleurait, à genoux, dans l'obscurité.....
Lorsque, tout à coup, céleste éphémère,
L'Étoile, dorant l'ombre du foyer,
Mêla ses rayons aux pleurs de la mère,
Et jusqu'au matin se mit à briller.


La troisième nuit, faible et pâlissante,
Dans une humble église, à l'autel béni
Elle confia sa lueur mourante,
Songeant qu'au matin tout serait fini. —
Mais Dieu juste et bon la fit immortelle,
Car pour Lui le bien ne peut s'oublier ;
Et, depuis ce jour, elle est la plus belle
De celles qu'au ciel nous voyons briller.

# LES SAISONS DU CŒUR *

Le cœur a ses jours de verdure,
Le cœur a ses jours de glaçons :
Le cœur, ainsi que la nature,
A ses différentes saisons.

La Jeunesse, c'est le Printemps ;
La fleur s'éveille et l'oiseau chante —
On est heureux, on a vingt ans,
Tout nous émeut, tout nous enchante.
L'Illusion rit dans les cœurs ;
L'Espoir, cet ange aux ailes blanches,
Met des nids sur toutes les branches,
Des parfums dans toutes les fleurs.

Mais bientôt commence l'Eté —
Le Printemps frais et pur s'achève ;
Le ciel a toujours sa clarté
Et le cœur a toujours son rêve.

* Mis en musique par M. l'abbé W. MOREAU. — Voir le Catalogue.

Allons, travailleurs et guerriers,
Tressez une double couronne ;
Car voici l'heure où l'on moissonne
Et des épis et des lauriers.


Un peu plus tard, l'Automne vient,
L'Automne et ses calmes journées ;
Avec tristesse on se souvient
De l'éclat des jeunes années. —
Mais, près du foyer réchauffant,
Un nouveau rêve nous attire...
Le regret meurt dans un sourire
A la douce voix d'un enfant.


La Vieillesse amène l'Hiver,
La Vieillesse froide et craintive ;
Mais pourtant du ciel entr'ouvert
Un dernier rayon nous arrive :
Car on songe aux cieux éclatants
Où monte l'âme qui s'envole,
Et de l'hiver on se console
Par l'espoir d'un nouveau printemps.

# FLEURS DE NOEL

J'ai trouvé, dans les murs d'un pauvre monastère,
Un parchemin poudreux et dix fois centenaire ;
En gothique azuré le vélin est écrit. —
Voici ce que j'ai lu dans le vieux manuscrit :

Dans une grotte sombre, où de la stalagmite
Rayonnent les cristaux, vivait un saint Ermite.
Comme autrefois Jésus descendu parmi nous
Pour bénir et sauver les peuples à genoux ,
D'un mot aux pauvres gens, il charmait leur souffrance ;
Comme on sème des fleurs, il semait l'espérance ;
Rien qu'à le voir sourire on était consolé ;
Il parlait, et le ciel s'entr'ouvrait dévoilé ;
Il étendait les mains, tout devenait lumière ;
Il tombait à genoux, tout devenait prière ;
Il touchait le malade... et le mal s'enfuyait ;
Il regardait l'aveugle... et l'aveugle voyait. —
Et le souffle de Dieu voltigeait dans l'espace,
Et le peuple disait : Voilà le saint qui passe !

Vers le temps qu'advenaient ces faits miraculeux,
Une femme et son fils, bel enfant aux yeux bleus,
Chérubin que le ciel enviait à la terre,
Habitaient sous un chaume antique et solitaire.

1***

Deux fois dans le sillon les blés avaient mûri,
Les roses, au soleil, deux fois avaient fleuri,
Et jeté dans la brise un parfum éphémère,
Depuis que cet enfant souriait à sa mère.

Or, un jour qu'il dormait, la mort passa par là...
Et l'âme de l'enfant vers le ciel s'envola !

Pauvre mère ! longtemps elle croit qu'il sommeille ;
Le front est rose encore et la lèvre vermeille...
Le regard maternel caresse tour à tour
Des lèvres et du front l'harmonieux contour ;
Puis, pour mettre un baiser sur l'enfantine bouche,
Elle entr'ouvre les bras, prend son fils dans la couche.
Soudain elle s'arrête et jette un cri d'effroi...
Pourquoi ce petit corps est-il rigide et froid ?
Pourquoi le sang dort-il sans force dans l'artère ?
La pauvre femme alors comprit l'affreux mystère ;
Elle ne pleura pas, car les grandes douleurs
Sont comme le désert, sans rosée et sans pleurs.
Sous un voile, elle met l'enfant dans la corbeille
Qui formait son berceau, puis, l'œil fixe, elle veille,
Priant Dieu d'emporter sa vie ou sa raison.

Quel est ce bruit ? On frappe au seuil de la maison.
Ouvrez, dit une voix, bonne femme, ouvrez vite !
Elle ouvre... un homme entra ; c'était le saint Ermite.
La mère, en le voyant, eut un rayon d'espoir,
Mais ne dit rien, pensant qu'il devait tout savoir.

Il avait dans la voix cette douceur divine,
Langage des élus où le Ciel se devine. —
C'est demain, lui dit-il, le saint jour de Noël,
Jour où naquit Jésus; pour orner son autel,
De roses je voudrais former une guirlande,
Ces fleurs vous les avez, et je vous les demande !

On était en décembre, il neigeait justement !
La pauvre mère écoute avec étonnement. —
Des fleurs ! dit-elle enfin, des fleurs! comment pourrais-je
Les avoir, en hiver, lorsque tombe la neige ?
Des fleurs! en ce temps-ci! Des fleurs! je crois rêver;
C'est au Paradis seul qu'on pourrait en trouver !
L'Ermite cependant lui répond, impassible :
A cœur vraiment chrétien il n'est rien d'impossible !
Quel est, ajoute-t-il, le berceau que voilà ?
Ne sont-ce pas des fleurs que vous me cachez là ?
Ce serait pour les cieux montrer bien peu de zèle.

C'est ainsi que parlait l'homme de Dieu. —

                                    Mais elle,
Tremblant à son espoir comme au vent un roseau ,
Palpitante... à pas lents... s'approche du berceau,
Et soulève le voile... O miracle ! ô merveille !
Elle tombe à genoux....

                          Car l'enfant qui s'éveille
Sourit dans le berceau, des roses plein les mains.

*Cy finit la légende escripte ès parchemins.*

                                                    2

# LES DEUX ANGES

### L'ANGE DES ENFANTS.

Frère, voici le soir, le soir silencieux,
Qui, magnifique et pur, descend du haut des cieux.
Déjà dans les bois noirs la blanche tourterelle
A doucement caché la tête sous son aile ;
Et, penchée au berceau, la mère, en l'endormant,
Pose un dernier baiser au front de son enfant.

### L'ANGE DES FLEURS.

Le soir, qui des enfants ferme les lèvres roses,
Ferme aussi dans les prés la corolle des roses ;
Déjà vient la rosée et l'abeille s'endort
Dans la ruche où le miel rayonne en flèches d'or,
Et des rustiques fleurs les suaves corbeilles
Imitent à leur tour le repos des abeilles.

### L'ANGE DES ENFANTS.

Frère, voici le soir ; frère, chantons tous deux
Celui qui fit la Terre et qui forma les Cieux.
Chantons, et que ta voix à la mienne mêlée
S'égrène en notes d'or sous la voûte étoilée.

### L'ANGE DES FLEURS.

C'est moi qui suis l'Ange des fleurs ;
C'est moi qui veille avec mystère

Sur les odorantes splendeurs
Que le soleil verse à la terre ;
Je suis le Roi des prés fleuris.
A chaque printemps, Dieu me donne,
Pour sceptre, une tige de lis
Et des violettes pour couronne.

L'ANGE DES ENFANTS.

Moi, je suis l'Ange des enfants ;
C'est moi dont les ailes légères
Abritent les fronts souriants
Qui font trembler le cœur des mères :
Je suis le pasteur du troupeau
Des petits cœurs aux gaîtés franches ;
C'est moi le gardien du berceau,
Des yeux bleus et des âmes blanches.

L'ANGE DES FLEURS.

Lorsqu'une pâle fleur, à la mort condamnée,
Incline tristement sa corolle fanée ;
Quand, sous un ciel ardent et sur un sol ingrat,
On la voit se pencher sans force et sans éclat,
Dieu, pour rendre la sève à la tige épuisée,
Fait pleuvoir sur la plaine une douce rosée ;
L'orage à l'horizon tonne, éclate... et la fleur
Retrouve ses parfums, sa force et sa fraîcheur.

L'ANGE DES ENFANTS.

Lorsque la sombre Mort. au fond d'une chaumière,
A côté d'un berceau vient ouvrir une bière,

Par ses cris, en pleurant, le petit orphelin
Redemande sa mère... Il la demande en vain !
Soudain, la Charité pousse du doigt la porte,
Prend auprès du berceau la place de la morte,
Et le pauvre orphelin, que berce un rêve d'or,
Croit retrouver sa mère et, souriant, s'endort

ENSEMBLE.

Chantons, et que nos voix unies
Célèbrent dans leurs doux refrains

L'ANGE DES FLEURS.

Dieu qui veille sur les prairies

L'ANGE DES ENFANTS.

Et sur les petits orphelins ;

ENSEMBLE.

Et bénissons sur toutes choses,
Dans nos cantiques triomphants,

L'ANGE DES FLEURS.

Dieu qui fit le parfum des roses

L'ANGE DES ENFANTS

Et le sourire des enfants.

# LES PLEURS DU BON DIEU ! *

Enfants, quand le printemps va luire,
Comme vous pur et gracieux ;
Quand de Mai le premier sourire
Semble se mirer dans vos yeux,
Au jardin, plein de fleurs écloses,
Dans l'ardent tourbillon du jeu,
Enfants, ne brisez pas les roses !
Vous feriez pleurer le Bon Dieu !


Sur les nids si chauds et si frêles,
S'éveillent des oiseaux charmants,
Et leurs pauvres petites ailes
Ont déjà des frémissements.
Quand vous folâtrez sous la branche,
Le front brûlant, le cœur en feu,
N'arrachez pas le nid qui penche !
Vous feriez pleurer le Bon Dieu !

Mis en musique par M. l'abbé W. Moreau. — Voir le Catalogue.

Sa Providence, bonne et douce,
Comme sur eux, veille sur vous ;
S'il leur fit des berceaux de mousse,
Il vous a fait des nids plus doux.
Lorsqu'à ces heures éphémères
Tout vous sourit sous le ciel bleu,
Ne faites pas pleurer vos mères !
Vous feriez pleurer le Bon Dieu !

# TOMBE FLEURIE

Dans un pauvre hameau vivait un pauvre enfant, —
Ses parents étaient morts, il était seul au monde. —
La sainte Providence, en miracles féconde,
Aime les orphelins, les garde et les défend.
Pour soutenir leur vie il faut si peu de chose !
Quelques grains de millet nourrissent un oiseau,
Et, pour qu'elle fleurisse, il suffit à la rose
D'un rayon de soleil sur une goutte d'eau.

Par les champs pleins de fleurs et baignés de lumière,
L'œil bleu comme le ciel, un beau jour, l'orphelin
Cueillait des papillons le long d'un vert chemin,
Lorsque, sous un buisson, il vit, dans la bruyère,
Un nid... et, près du nid, quatre petits oiseaux,
Sans plume encore, hélas ! tombés de leurs berceaux. —
La branche avait cédé sous le poids ; — et la mère
Allant, tournant, courant, voltigeait à l'entour
Avec des cris mêlés de douleur et d'amour.

L'orphelin ramassa, d'une façon très douce,
Les petits qu'il remit dans leur maison de mousse
Et sur le buisson vert il replaça le nid. —

Depuis, quand il passait dans ce chemin béni,
Ses jeunes protégés accueillaient sa présence
Par un concert de joie et de reconnaissance,
Puis, lorsqu'ils furent grands, prompts à s'apprivoiser.
Sur son front, sur ses bras ils venaient se poser. —
L'enfant, le cœur empli de naïves tendresses,
Répondait de son mieux à leurs folles caresses ;
Tout heureux de comprendre, en écoutant leurs cris,
Qu'ici-bas le Bon Dieu lui donnait des amis.

Or, un soir que, priant, il songeait à sa mère,
Il fut pris d'un frisson en faisant sa prière. —
Quelques instants après, il frissonna plus fort,
Et, quand le jour parut, l'orphelin était mort. —

O cher ange du Ciel ! désormais, sur la terre,
Ton tertre abandonné sera bien solitaire !
Hélas ! nul ne viendra sur toi verser des pleurs !
Hélas ! nul ne viendra sur toi semer des fleurs !
Sur les autres tombeaux bientôt des mains pieuses
Auront planté des lis, des roses merveilleuses ;
Et la frêle pensée et l'immortelle d'or
Y feront resplendir leur funèbre trésor. —
Mais ta tombe modeste et de tous inconnue,
Ainsi que ton berceau, restera triste et nue !

D'un fait très singulier écoutez le récit, —
Je le tiens d'un vieillard témoin de ce mystère : —
Une bande d'oiseaux tout à coup s'abattit

Sur la tombe enfantine, et chacun d'eux se mit
A creuser, à tourner, à remuer la terre.
O laboureurs mignons ! gracieux jardiniers !
Des pattes et du bec, durant trois jours entiers,
A leur œuvre on les vit travailler sans relâche,
Par mille cris joyeux s'exciter à la tâche,
Egaliser le sol avec un soin jaloux,
Arracher des brins d'herbe et rouler des cailloux.
Après avoir fini ce joli jardinage,
Les fleuristes ailés se mirent en voyage.....
Et lorsque au cimetière ils furent de retour,
Leurs becs, leurs petits becs étaient chargés de graines
Qu'ils avaient dû cueillir sur des plages lointaines.

Ces grains furent par eux semés avec amour ; —
Puis nos gentils semeurs, tout fiers de leur ouvrage,
Reprirent en chantant le chemin du bocage.

. . . . . . . . . . . . . . . . .
. . . . . . . . . . . . . . .

Or, c'étaient les oiseaux sauvés par l'orphelin
Qui venaient de créer ce magique jardin,
Et, quand brilla le Mois de la Vierge Marie,
La tombe de l'enfant était la mieux fleurie !

# LES OISEAUX ENVOLÉS *

Le cœur à vingt ans est un nid soyeux
Plein de frais oiseaux, de refrains joyeux,
    De gais babillages.
Les illusions, les doux sentiments
Sont de ce nid pur les hôtes charmants,
    Charmants, mais volages.
Gardez bien le nid, de crainte qu'au vent
    Ils n'ouvrent leurs ailes :
Parmi les oiseaux, les plus beaux souvent
    Sont les moins fidèles.


    Le cœur qui s'isole
    En vain se désole :
    Regrets superflus,
    L'oiseau qui s'envole
    Ne reviendra plus !

* Mis en musique par M. l'abbé W. MOREAU. — Voir le Catalogue.

Pour les effrayer, il suffit de peu. —
Une illusion, céleste *Oiseau bleu,*
    S'en va la première.
A peine envolée, une autre la suit,
Puis une autre encor... puis bientôt s'enfuit
    La nichée entière.
Le temps, noir chasseur, prend dans ses réseaux
    Les plus belles choses :
A l'écrin sa perle, au nid ses oiseaux,
    Au jardin ses roses.


    Le cœur qui s'isole
    En vain se désole :
    Regrets superflus,
    L'oiseau qui s'envole
    Ne reviendra plus !


Pourquoi fuyez-vous loin de notre cœur,
Rêves d'avenir, songes de bonheur,
    Oiseaux de passages ?
Oiseaux doux et chers que nous aimions tant,
Pourquoi fuyez-vous en nous emportant
    Tout notre courage ?
On s'éveille triste et désabusé
    D'une étrange sorte ;
Le nid est désert, le cœur est brisé,
    L'espérance est morte !

Le cœur qui s'isole
En vain se désole :
Regrets superflus,
L'oiseau qui s'envole
Ne reviendra plus !

Ah ! c'est que l'hiver s'est fait dans le cœur,
Le nid a perdu son charme vainqueur ;
 Et, battant de l'aile,
Pour chercher ailleurs un berceau plus doux,
Les illusions ont fui loin de nous
 Comme l'hirondelle.
Mais les beaux oiseaux qu'on croyait perdus,
 Devançant l'aurore,
Dans le Ciel, un jour, nous seront rendus
 Plus brillants encore.

Le cœur qui s'isole
En vain se désole :
Car l'oiseau joyeux,
L'oiseau qui s'envole,
Se retrouve aux cieux !

# FLEUR RÊVÉE

De prés en prés, de grève en grève,
Je cherche, sans repos ni trève,
Une fleur, céleste rayon,
Une fleur que j'ai vue en rêve,
Et dont je ne sais pas le nom !

J'ai vu, dans un songe charmant,
Une fleur si fraîche et si belle,
Que mon âme encor pleine d'elle
En garde le rayonnement.
Avril nous verse avec mystère
Ses trésors les plus parfumés ;
Mais rien de pareil, sur la terre,
N'apparut à mes yeux charmés.

Son calice est pur et brillant,
Et sa corolle est si vermeille
Que le papillon et l'abeille
Mouraient de joie en la voyant ;

* Mis en musique par M. l'abbé W. MOREAU. — Voir le Catalogue.

Et, dans les célestes pelouses,
Devant ce spectacle enchanteur,
Les étoiles d'or sont jalouses
De voir éclipser leur splendeur.


Oh! dites moi dans quel vallon,
En quelle lointaine contrée
Rayonne la fleur adorée
Dont je voudrais savoir le nom ?
Fut-elle au pays de l'aurore,
Loin, bien loin, par delà les mers,
Pour la voir, une fois encore,
J'irais au bout de l'univers !


J'ai rencontré, sur mon chemin,
Un vieil ermite ami des roses,
Qui sait le nom de toutes choses...
Or, prenant ma main dans sa main,
Et plein d'une pitié profonde,
Il me dit : « Je connais ta fleur;
« Mais elle n'est pas de ce monde,
« Elle se nomme le Bonheur. »

# LE PAUVRE VIEUX

Lorsque l'invasion, comme un reptile impur,
Enroula ses anneaux sur le sein de la France,
Aux jours de trahison, de honte et de souffrance,
Parfois notre ciel noir eut un rayon d'azur.
Et le vieux sang français dans plus d'une poitrine
Se souvint tout à coup de sa noble origine,
Comme un ruisseau joyeux, limpide et murmurant,
Qui, brisé dans son cours, se transforme en torrent.
Et nous pouvons du moins mêler dans notre histoire
Aux pages de douleur quelques pages de gloire !

Dans le pays normand, vivait un pauvre Vieux,
Si vieux que les voisins ne savaient plus son âge...
Ancien soldat, robuste encor. — Les envieux
Quelquefois, mais tout bas, parlaient de braconnage.
Le fait est que le Vieux avait pour compagnon
Un fusil dont la rouille illustrait le canon
Et qu'il courait les bois. — Mais, braconnier ou non,
Chacun au vétéran faisait fête au village ;
Car, d'un bel uniforme autrefois revêtu,
On savait qu'à la guerre il s'était bien battu,
Et la France a toujours le culte du courage.

Pensif et souriant, de temps en temps, le soir,
Au seuil d'une chaumière on le voyait s'asseoir.
Alors il racontait quelque vieille bataille,
Les hourras des vainqueurs, le râle des mourants,
Les soldats décimés et reformant les rangs
Sous la grêle de feu de l'ardente mitraille, —
Et la France debout, comme sur un pavois,
Sur le front aplati des peuples et des rois.


Or, pendant ces récits de gloire, une soirée,
On cria tout à coup : La guerre est déclarée !
Et quelques jours plus tard on apprit nos malheurs...
Et que l'Alsace en deuil et la Lorraine en pleurs
Voyaient l'envahisseur, à ces heures amères,
Dans le sang des enfants noyer le cœur des mères ; —
Puis, l'on vint annoncer au village surpris
Que l'ennemi campait sous les murs de Paris. —
La pauvre France, hélas ! la chose était trop sûre,
Sentait jusqu'à son cœur s'enfoncer la blessure.


Un matin que le Vieux traversait le hameau,
Il entendit monter, comme un cri d'incendie,
Cette sombre clameur : Ils sont en Normandie !
Là ! derrière le bois ! tout près ! un vil troupeau
De loups, venus du Nord, a creusé sa tanière !

Le Vieux rentra chez lui, l'œil plein de désespoir...
Tout le jour il fondit des balles. — Quand le soir
Eut sur les horizons effrangé la lumière,
Il prit son vieux fusil, et, le baisant trois fois,
Il fit sur le canon le signe de la croix. —
Puis, jetant un regard d'adieu sur sa chaumière
Et sifflant un refrain de chasse, il s'élança
Vers la forêt profonde et noire ; — il s'enfonça
Par des sentiers connus de lui seul, — et dans l'ombre
Il se mit à ramper — près d'un carrefour sombre.
Il se dressa soudain : — les Prussiens étaient là !
Ayant fouillé de l'œil, la nuit, — il épaula
Tranquillement, et fit tomber la sentinelle.
La détonation réveilla les soldats. .
Le Vieux reprit son arme et tira dans le tas !


A chaque coup de feu la mort ouvrait son aile.


Alors pendant trois jours, pendant trois nuit, ce fut
Une chasse d'enfer. — Sans relâche à l'affût,
Seul, terrible, debout contre toute une armée,
Il tuait, s'enivrant de poudre et de fumée : —
On est sûr de toucher lorsque l'on vise bien,
Et chacun de ses coups abattait un Prussien.
Le quatrième jour, à ce que l'on raconte,
Il en avait tué plus de cent pour son compte !

Une balle ennemie et tirée au hasard
Vint arrêter enfin son œuvre de vengeance.
« C'est bon ! murmura-t-il, j'en ai tué ma part ! »
De la mort à son cœur monta la défaillance,
Sur l'herbe ensanglantée il tomba lourdement...


Alors le pauvre Vieux cria : Vive la France !
Puis, levant ses regards vers le bleu firmament,
Il fit une prière et mourut doucement.

# QUELQUES MOTS

sur la lecture à haute voix et la déclamation.

L'art de bien réciter et de bien lire à haute voix devrai occuper une place importante dans le programme des études.

La plus belle pensée, exprimée sur un ton monotone, restera sans succès et sans portée; — une idée fort ordinaire, ornée des charmes d'une diction habile, s'imposera à l'attention de tous.

Combien d'avocats distingués, combien de savants prédicateurs, voient leur talent méconnu par suite d'un ton défectueux ou d'une prononciation incorrecte.

On a publié beaucoup de traités de déclamation; — j'en connais peu dont on puisse retirer de véritables avantages. La plupart de ces livres ont le tort d'être trop volumineux et de noyer quelques bons conseils dans un flot de pages inutiles.

Je vais essayer de formuler laconiquement les principes essentiels de la bonne diction. On peut les réduire au nombre de trois :

1º *Prononcer distinctement ;*

2º *Lire ou réciter sans précipitation ;*

3º *Respecter soigneusement les temps de repos indiqués par la ponctuation.*

Revenons rapidement sur chacune de ces trois règles.

1° *Il faut prononcer distinctement.*

Le meilleur exercice de prononciation consiste à lire lentement une page de prose ou de vers, *en détachant et en scandant avec vigueur* toutes les syllabes. — Par ce petit travail, renouvelé de temps à autre, on obtient très vite une prononciation nette et brillante.

2° *On doit lire et réciter sans précipitation.*

La plupart des enfants donnent à leur récitation une allure de train express ; par suite de ce défaut, les syllabes se heurtent et s'entre-détruisent, le lecteur s'essouffle et tombe *inévitablement* dans le ton chanté. — Combien de grandes personnes ressemblent en cela aux écoliers !

3° *Il est* INDISPENSABLE *de respecter avec soin les temps de repos indiqués par la ponctuation.*

C'est le principe *le plus important,* celui sur lequel *on ne saurait trop insister.* Le secret du succès est là.

Que le lecteur s'habitue donc à observer un temps d'arrêt partout où il rencontre une ponctuation. Conséquence immédiate : la prononciation sera meilleure, la monotonie disparaîtra en grande partie, le sens des phrases ressortira dans toute sa clarté, et, *la respiration ayant un jeu plus régulier, la lecture se fera sans la moindre fatigue.*

Voici à ce sujet une expérience concluante que l'on peut faire facilement.

Faites lire à haute voix par un enfant une page de prose ou de vers — le ton du lecteur sera probablement monotone ou défectueux. — Tracez, dans le texte, des barres verticales sur tous les signes ponctuateurs [1], faites recommencer la lecture, en recommandant à l'élève de s'arrêter chaque fois qu'une barre se présente à sa vue ; — vous serez témoin d'une amélioration extrême dans le ton du lecteur. — Certes ce ne sera pas encore la perfection ; mais ce sera le chemin qui peut y conduire.

J'ai renouvelé souvent cette expérience, elle m'a toujours réussi.

L'emploi des barres verticales est excellent à plusieurs égards. — D'abord ces grandes lignes noires sont plus faciles à remarquer que des points et des virgules ; — ensuite elles permettent d'indiquer des temps d'arrêt oubliés par la ponctuation et nécessaires néanmoins pour couper des membres de phrase trop longs.

Les élèves intelligents qui se destinent à la prédication, au barreau ou au professorat peuvent eux-mêmes ponctuer ainsi des exercices de lecture. Ils recueilleront de ce petit travail un grand profit pour leur avenir.

1. En voici un exemple :

Oui | je viens | dans son temple | adorer l'Éternel |
Je viens | selon l'usage antique et solennel |
Célébrer | avec vous | la fameuse journée
Où | sur le Mont Sina | la loi,... etc.

Un dernier mot.

Quelle doit être la position du corps en lisant ?

Assis ou debout, le lecteur se placera de manière à ce que la poitrine se développe naturellement et permette aux poumons de fonctionner aisément et sans fatigue. La tête se relèvera sans exagération, car il est également défectueux, en lisant, d'incliner trop le front ou de trop le rejeter en arrière.

Les modestes proportions de ma brochure me forcent à terminer là cette courte étude. — Je souhaite que les préceptes qu'elle renferme soient utiles à quelques-uns de mes lecteurs.

# TABLE DES MATIÈRES

Les poésies publiées dans ce Recueil sous forme de Romances, telles que *L'Envers du Ciel*, — *Les Saisons du cœur*, — *Les Oiseaux envolés*, — *Les 20 sous du Bon Dieu, etc.*, ainsi qu'un grand nombre de poésies analogues qui n'ont pu trouver place ici, ont été mises en musique par l'Abbé W. Moreau. — La réputation si justement méritée du célèbre compositeur n'est plus à faire, mais on me saura gré du moins, j'en suis assuré, de donner à la fin de ce modeste Ouvrage, outre la nomenclature complète de ses Romances, un Catalogue abrégé des Œuvres du fécond Maëstro.

Besse de Larzes.

COMPOSITIONS MUSICALES

CATALOGUE
DES
Œuvres Complètes

W. MOREAU

# NOUVEAUTÉS MUSICALES

## (OCTOBRE 1880.)

### ROMANCES.

| | | | |
|---|---|---|---|
| La dernière Pensée de Marie Stuart. . . . | 1 50 | La Clef du Paradis. . . | 1 » |
| Fleur rêvée. . . . . | 1 » | Les Yeux de grand mère. | 1 » |
| Neige et petit oiseau. . | 1 » | La Neuvaine du pinson. | 1 ». |
| | | Quand j'étais petit. . | 1 » |

## CHŒURS AMUSANTS

### Le Lièvre et la Tortue

CHŒUR A 3 VOIX ÉGALES

*Grand steeple-chase musical avec fanfare de Mirlitons.*

Partition, net, 3 fr. — Parties séparées, chacune, 20 cent.

### Le Bon-Vieux temps

JOYEUSETÉ

Partition, net, 2 fr. — Parties séparées, chacune, 20 cent.

### Les Heures — Médor — La Tourterelle

CHŒUR A 3 VOIX ÉGALES

Chaque partition, net, 2 fr. — Parties séparées, 10 c.

---

*Extrait du journal l'*UNIVERS.

Nous extrayons d'un important article de critique musicale, publié dans le journal l'*Univers*, les passages suivants qui sont la meilleure recommandation de l'Œuvre de M. l'abbé W. MOREAU :

L'Œuvre musicale de M. l'abbé W. Moreau est appelée à délivrer nos enfants du fléau des Romances *fades et banales*. Il faut des mélodies faciles et vives aux essaims de jeunes filles des pensionnats ; le chant est à cet âge un besoin d'épanouissement et un élément d'éducation. M. l'abbé Moreau s'est fait le barde, parfois aussi, et sans le moins du monde croire déroger, l'amuseur aimable de ce jeune monde. Il a le don et tous les signes des vocations évidentes. M. Moreau est prêtre, c'est-à-dire qu'il doit sa vie et la dévoue à la culture et à la préservation des âmes. Le prêtre répond du poète, du caractère pur et élevé de son inspiration, de sa vigilante sollicitude à écarter des jeunes cœurs jusqu'à l'ombre d'un danger de défloration. M. l'abbé Moreau est exceptionnellement lettré, il a le goût difficile et une égale aversion du maniéré et du banal. M. Moreau écrit lui-même les paroles de ses romances, ou confie ce soin à des plumes choisies. Toujours est-il que ces petits ouvrages réunissent les meilleures qualités du genre. Pas une de ces bluettes n'est fade ou insignifiante ; la plus fragile porte une pensée ou exhale un sentiment pénétrant et pur. La musique est la création absolument personnelle de M. l'abbé Moreau, elle est marquée au coin de cette individualité gracieuse.

M. l'abbé Moreau défend, dans nos enfants, ce trésor sans prix de l'intime chasteté des pensées. Il restitue au chant familier sa fonction, qui est de moraliser en amusant et de ne faire tressaillir que les nobles fibres. Il supprime, en un mot, la Romance malsaine en mettant à la place les mélodies de sa muse aimable et virginale.

PH. SERRET.

# ŒUVRES MUSICALES

### DE L'ABBÉ W. MOREAU, CHANOINE HONORAIRE
### A POITIERS (Vienne)

—⊶⊘⊶—

# ROMANCES
## MÉLODIES ET CHANSONNETTES

N. B. — *Toute la Collection des Romances est publiée en double format. — Format partition in 8° jésus et Grand format. — Les deux éditions ont d'ailleurs l'accompagnement de piano.*

*Ce Catalogue indique le prix* **net** *du format partition. — Le grand format augmente de 25 c. pour les romances marquées* 1 *fr. et de 50 c. pour celles marquées* 1 fr. 50 *et* 2 fr.

## Grandes remises, en nombre, pour les Pensionnats

### ROMANCES

| | | |
|---|---|---|
| Les 20 sous. . . . *net.* | 1 | » |
| Paulette. . . . . . . . | 1 | » |
| Les Gouttelettes. . . . | 2 | » |
| L'Étoile voyageuse. . . | 1 | » |
| Pleurs du Bon Dieu. . | 1 | » |
| Saisons du cœur. . . . | 1 | » |
| Oiseaux envolés. . . . | 1 | 50 |
| Jeanne d'Arc. . . . . | 1 | » |
| L'Envers du Ciel. . . . | 1 | » |
| Isola bella. . . . . . . | 1 | » |
| Les Gondoliers (*duo*). . | 1 | 50 |
| Nids d'hirondelles. . . | 1 | » |
| Pasteur Alsacien. . . . | 1 | 50 |
| Sainte Thérèse. . . . . | 2 | » |
| Fleur de lys. . . . . . | 1 | 50 |
| Le Zouave pontifical. . | 1 | » |
| Sœur de charité. . . . | 1 | » |

### CHANSONNETTES

| | | |
|---|---|---|
| Si et Mais. . . . . . . | 1 | » |
| Désabusé ! . . . . . . | 1 | » |
| L'oncle Ausone. . . . | 1 | » |
| Papa Bontemps. . . . . | 1 | » |
| L'excuse de Cadet. . . | 1 | » |
| Les peines de l'écolier. | 1 | » |

### NOUVEAUTÉS

*En préparation*

### MÉLODIES

#### VOIX DES FLEURS

| | | |
|---|---|---|
| L'Aubépine. . . . . . | 1 | » |
| Le Coquelicot. . . . . | 1 | » |
| L'Iris. . . . . . . . . | 1 | » |
| La Clochette. . . . . | 1 | » |
| Le Lilas (*duo*). . . . . | 1 | » |
| Le Bleuet. . . . . . . | 1 | » |
| Le Lis (*duo*). . . . . . | 1 | » |
| Le Souci. . . . . . . . | 1 | » |
| La Pensée. . . . . . . | 1 | » |
| Le Myosotis. . . . . | 1 | » |
| La Rose. . . . . . . . | 1 | » |
| L'Immortelle. . . . . | 1 | » |
| La Marguerite. . . . | 1 | » |
| La Violette (*duo*). . . | 1 | » |
| Le Bouton d'or. . . . | 1 | » |

#### LES ANGES

| | | |
|---|---|---|
| L'Ange des enfants. . | 1 | » |
| — des bois. . . . | 1 | » |
| — des fontaines. | 1 | » |
| — des oiseaux. . | 1 | 50 |
| — des fleurs. . . | 1 | » |
| — de l'harmonie. | 1 | 50 |
| — du foyer. . . . | 1 | » |
| — du proscrit. . | 1 | » |
| — de la Patrie. . | 2 | » |

*Prix de faveur des Collections. — Format Partitions*

**Romances : 15 fr. — Voix des fleurs : 10 fr. — Anges : 10 fr.
Chansonnettes : 5 fr.**

Collection complète, petit format : **30 fr.** — Grand format : **40 fr.**

# CHŒURS AMUSANTS.

AVIS. — Les deux lettres (p. s.) et le chiffre qui les accompagne indiquent le nombre des voix et par conséquent celui des *parties séparées* de chaque Chœur. — Je marque d'un *astérisque* (*) les Chœurs qui conviennent plus particulièrement aux Pensionnats de jeunes demoiselles.

## Grands Chœurs

* La Laitière (3 p. s.). . 2 »
* Cigale et Fourmi (3 p. s.)2 »
* Corbeau et Ren. (3 p. s.) 2 »
* Loup et l'Agneau. (3 p. s.)2 »
* Chemin de fer (4 p. s.). 2 »
* Coucous et Ross. (4 p. s.) 3 »
* Chats mélodieux (4 p. s.) 2 »
* Les Grenouilles (4 p. s.) 3 »
  Bouche et Nez. (4 p. s.). 3 »

* Les Mirlitons (4 p. s.) . 2 »
* Fête au Village 3 p. s.) 2 »
* Les Lauriers (4 p. s.) . 3 »
  Nuict de Pasques (4 p. s.) 2 »
  Bonsoir (4 p. s.). . . 1 »
* Sion (4 p. s.). . . . 2 ».
  La Fantasia 4 p. s.) . 4 »
* Ange de la Patr. (4 p. s.) 2 »
  Nouv. Chœurs *en préparation.*

*Parties séparées des Grands Chœurs, chacune, net 20 c.*

## Petits Chœurs très-faciles

* Le Bon Vieux Temps
  *Joyeuseté* (3 p. s.) . 2 »
* La Tourterelle (3 p. s.) 2 »
* Les Heures (3 p. s.). . 2 »
* Médor (3 p. s.). . . 2 »
* Petits enfants (3 p. s.) 1 »
* Les Colombes (3 p. s.) 1 »
* Les Canards (3 p. s.) 2 »
* L'Alouette (3 p. s.). . 1 »

* Les Moutons (3 p. s.) 1 »
* Poule aux œufs (3 p. s.) 2 »
* Ytou Ytaine (4 p. s.) . 1 »
* You! You! (4 p. s.) 1 »
* Le Bouton d'or (4 p. s.) 1 »
  L'Astrologue (4 p. s.) 1 »
* Le Bourriquet (4 p. s.) 1 »
* Ainsi soit-il (4 p. s.) 1 »
  Chœurs nouv. *en prépar.*

*Parties séparées des Petits Chœurs, chacune, net : 10 c.*

## MOTIFS extraits des OPÉRAS CÉLÈBRES

(DUOS ET TRIOS CONCERTANTS — AVEC PAROLES SPÉCIALES)

**O France !**
Musique de SPONTINI.
**Les Enfants du Croisé**
Musique de CIMAROSA.

**Les Orphelins**
Motifs choisis de MÉHUL.
**Le Christ ou Mahomet !!!**
Musique de SPONTINI.

— Chaque partition net : **2** fr. — Deux partitions de la même Œuvre : **3** fr. —

## LA COLLECTION COMPLÈTES DES CHŒURS

Y compris les **4 Motifs** d'Opéras, au lieu de **67** fr. — **50** fr.

# ŒUVRES RELIGIEUSES

## NEUVAINE
### AU
# SACRÉ-CŒUR

— 2e ÉDITION —

CANTIQUES A 3 VOIX, AVEC ACCOMPAGNEMENT
Suivis d'un SALUT SOLENNEL pour les
Fêtes du Sacré-Cœur de Jésus

En partition *net* : **8** fr. — Paroles seules : **40** c.
Parties séparées des Chœurs — **3** cahiers à **50** c., chacun.

N. B. — *La plupart de ces Cantiques sont composés de façon à pouvoir être aussi chantés pendant les Messes de communion — même en dehors des Fêtes du Sacré-Cœur.*

Mgr MERMILLOD a bien voulu accepter la dédicace de cette Neuvaine et voici la lettre dont Sa Grandeur a daigné honorer l'auteur à ce sujet :

« *A M. l'abbé W. MOREAU, Chanoine honoraire.*

CHER M. LE CHANOINE,

Je vous remercie bien sincèrement de la gracieuse pensée que vous avez eue de me dédier votre Neuvaine au Sacré-Cœur. Cette attention délicate me touche plus que je ne saurais dire...

Vos Œuvres, si variées, sont désormais justement populaires, dans beaucoup de paroisses et un très grand nombre surtout, de Communautés, où elles charment la jeunesse des Pensionnats. Je sais tout le bien que vous y faites et je me réjouis que vous m'ayez donné une occasion de vous le dire bien haut aujourd'hui. Cette Œuvre, en effet, telle que vous l'avez comprise, cher Monsieur, est un véritable apostolat... La poésie suave et douce de vos compositions est rehaussée par des mélodies qui élèvent l'âme toujours sans jamais pactiser avec un sentimentalisme énervant, et vous prêtez ainsi le plus utile concours aux éducateurs de la jeunesse chrétienne, comme à l'éclat de nos cérémonies religieuses.

Que le Sacré-Cœur que vous chantez, à son tour, avec tant de foi, d'art et de suavité vous récompense donc de vos labeurs; je le lui demande par l'invocation de saint François de Sales et de la B. Marguerite-Marie.

Veuillez bien agréer, cher M. le chanoine, avec mes encouragements sincères, mes hommages, mes vœux et mes meilleures bénédictions.

† GASPARD, *Évêque d'Hébron,*
*Vicaire apostolique de Genève.*

FERNEX, *le 27 décembre, jour anniversaire de la première Apparition du Sacré-Cœur.*

# MOIS DE MARIE

## CANTIQUES — MOTETS — MUSIQUE D'ORGUE

Je renvoie, pour le détail et les appréciations, au **CATALOGUE**, et je me contenterai de donner ici le titre et le *prix net* de mes divers Ouvrages.

**LA VIERGE DE LOURDES**
Mois de Marie, 32 Cant. 12 »
  P. s. des Chœurs
3 cahiers. — chacun. . 1 »
  Édition bijou. . . . 3 »
  *Paroles seules.* . . » 60

**LES ÉCHOS**, 32 cant. . 10 »
  Édition bijou. . . 2 »
  *Paroles seules.* . . . » 50

**LA COURONNE.** . . 8 »
  Édition bijou. . . . 1 50
  *Paroles seules.* . . » 40

**LES PARFUMS.** . . 10 »
  Édition bijou. . . . 1 50
  *Paroles seules.* . . » 40

**LA GERBE**, 32 cant. . 10 »
  Édition bijou. . . 2 »
  *Paroles seules.* . . » 50

**LYRA ANGELICA**
  Motets p. les saluts. 15 »

**MOSAIQUE**
  Musique d'orgue.
2 vol. — chacun. . . 8 »
  *Ensemble.* . . . . 15 »

**N. B.** *Remises par nombres, pour les* **Bijoux**, *les* **Paroles seules** *et les* **Parties séparées.**

La Collection des **ŒUVRES RELIGIEUSES** ci dessus (Éd. in-8°) — Au lieu de **80** fr. net. — Prix de faveur : **50** fr.

---

# NEUVAINES MUSICALES
# NEUVAINE AU SACRÉ-CŒUR

— *Grand in-8° jésus* — *Net* 8 *fr.*

**NEUVAINE EUCHARISTIQUE** | **NEUVAINE A SAINT JOSEPH**
— *Prix net* **6** fr. — | — *Prix net* **6** fr. —

Ensemble les 3 Neuvaines : **15** fr.

**ÉDITION BIJOU** des mêmes recueils : **1** fr. chaque vol.

---

*Le Catalogue analytique des Œuvres complètes de M. l'abbé W. MOREAU — une belle brochure de 64 pages — est envoyé, franco, à toute personne qui en fait la demande, en joignant à sa lettre* **50** *c. en timbres poste.*

---

**N. B.** — On s'adresse directement à l'Auteur,
M. l'Abbé W. MOREAU, près Sainte-Radegonde, à Poitiers (Vienne).
— *Joindre un mandat pour toute demande inférieure à* **20** *fr.*

www.ingramcontent.com/pod-product-compliance
Lightning Source LLC
Chambersburg PA
CBHW061702180626
46818CB00003B/1225